CARLOS-RENDON

LES PRÉLUDES

LES PRÉMICES DU CŒUR

PARIS

LIBRAIRIE DES IDÉALISTES

ÉMILE PAUL

100, Rue du Faubourg-Saint-Honoré, – Place Beauvau.
Rue Miroménil, 1.

LES PRÉLUDES

—

LES PRÉMICES DU CŒUR

CARLOS-RENDON

LES PRÉLUDES

LES PRÉMICES DU CŒUR

PARIS

LIBRAIRIE DES IDÉALISTES

ÉMILE PAUL

100, Rue du Faubourg-Saint-Honoré, — Place Beauvau
et Rue Miroménil, 1.

LES PRÉLUDES

A MES PARENTS

L'auteur connaît l'indifférence du public pour les jeunes poètes. Les recueils de vers encombrent les magasins des libraires. Notre siècle, si fécond en auteurs, est stérile en lecteurs. La poésie est méprisée. L'espérance est trompeuse. La renommée est sourde.

L'auteur ne se fait pas illusion sur le sort qui attend son livre. Il aurait pu mieux employer son temps.

C'est l'avis de ceux qui l'entourent, et c'est le sien.

Qui a bu boira, dit le proverbe.

Qui a fait des vers en fera.

Ceux qui désertent leur bataillon ne sont pas des soldats; ce sont des lâches.

Ceux qui, après avoir servi les Muses, s'en éloignent, ne sont pas des poètes; ce sont des lâches.

Ils n'avaient pas le culte de l'art. Ils ne cherchaient qu'un vil bénéfice. Ne pouvant pas atteindre leur but, ils ont, pour y parvenir, essayé d'un autre moyen.

L'auteur vient d'entrer dans sa dix-neuvième année.

Il y a longtemps que ces vers ont été composés. L'âge n'est pas une excuse pour mal faire, mais un enfantillage est toujours excusable.

C'est d'un audacieux que d'élever la voix dans ce siècle où l'on fatigue les échos de vers gracieux!

C'est d'un fou que de jeter une goutte d'eau dans un océan!

Dans un salon éclairé par mille flambeaux, quel éclat peut ajouter un nouveau qui s'allume?

Ces vers sont l'écho d'un esprit capricieux.

Le rire aux blanches dents y coudoie quelquefois le spleen au front morose.

L'esprit de l'homme est souvent bouleversé. L'imagination torturée tend à se débarrasser du poids qui l'oppresse, et, jetant soudain sur le papier sa pensée, goûte un instant de repos.

C'est le cas de l'auteur. Il doit tout à une inspiration spontanée. Plusieurs de ces vers ont été composés pendant l'explication d'un auteur latin ou grec, sous le nez aquilin d'un professeur myope. Plusieurs lui ont valu des pensums. C'est peut-être le seul bénéfice qu'il en tirera.

Ces poésies ne sont que des préludes.

Lorsque l'artiste veut faire admirer l'agilité de ses doigts, la sensibilité de son âme, le génie d'un grand maître, il s'exerce d'abord sur le clavier; de même je me suis essayé dans ces vers. J'ai exercé mon esprit à se courber comme un roseau flexible au souffle puissant de la rime. J'ai effleuré les fibres de mon âme pour savoir quel parti je pourrai en tirer dans l'avenir. En un mot, j'ai préludé.

L'auteur a pour devise : *Le bien, le vrai, le beau.*

Si, dans quelques vers, il s'est éloigné du sentier de l'idéal, sa jeunesse le lui fera pardonner.

L'enfant le mieux élevé commet souvent de petites fautes, entraîné par le mauvais exemple; et Dieu sait si, dans ce siècle positif, on n'est pas bien souvent tenté d'embrasser la cause de cette littérature, non moins écœurante que productive: le Naturalisme.

Janvier 1880.

A MONSIEUR

THÉOPHILE RUMPLER

VICE-PRÉSIDENT

DE LA SOCIÉTÉ DE SECOURS

AUX ALSACIENS-LORRAINS DEMEURÉS FRANÇAIS

L'AUTEUR DÉDIE CE POÈME

TRISTISSIMA

COMME UNE MARQUE D'ESTIME

DE RESPECT

ET DE RECONNAISSANCE

CARLOS-RENDON

LES PRÉLUDES

TRISTISSIMA

I

BRÈVE EXPOSITION — AUX MÈRES PRIÈRE

Hélas!.hélas! il l'aime! Ils s'aiment tous les deux,
Et voilà qu'un fantôme horrible au milieu d'eux
Soudain se dresse et dit : « Tu n'as pas de fortune,
Va-t'en, car pour avoir cet ange il en faut une. »

La gloire n'est plus rien, la vertu n'est qu'un mot,
Et l'amour, cette fleur qui dans nos cœurs éclôt,

Souvent se flétrira, sans qu'une main la cueille,
Sous le souffle brûlant du destin qui l'effeuille.
Qu'importent la beauté, la noblesse du cœur ?
Cela ne manque pas à vos yeux de valeur ;
Cela brille, mais l'or éblouit davantage.

Un homme sans vertu, dont un riche héritage
Éclaire l'horizon, vaut certainement mieux
Que ce pauvre officier qui, les larmes aux yeux,
Descend avec lenteur l'escalier, puis s'arrête,
Jette un dernier coup d'œil et détourne la tête.

Où va-t-il donc? Il marche, et de ses yeux hagards,
Pareils à des éclairs, s'échappent les regards.

Vous aimez vos enfants d'une étrange manière.
Dans une pension vous tenez prisonnière
Votre fille; enfin, quand elle sort du couvent,
Quand l'oiseau délivré veut déployer au vent
Ses ailes, alors vous pensez au mariage,
Et ne lui laissez pas même choisir sa cage !

Mais, Madame, voyez, votre fille se meurt;
Elle a perdu son teint avec sa bonne humeur;

Elle s'habille en noir et sans coquetterie ;
Et, rose du matin, elle est presque flétrie !
Qu'a-t-elle ? Oh ! presque rien, et cela passera.
Certainement, ou bien, Madame, elle en mourra,
Voila tout...Quelques pleurs répandus sur sa tombe
Jusqu'à ce que l'oubli sur sa mémoire tombe ;
Puis c'est tout, c'est assez.

                Mais elle aime ! O mon Dieu,
O mon Dieu, quelle horreur vous cause cet aveu !
Oh ! devant ce malheur votre âme est confondue !
Comment peut-elle aimer ? Votre fille est perdue,
Madame, pleurez-la ; Madame, maudissez
Votre enfant ! Il vous est permis de la chasser,
De la jeter dehors ainsi qu'un domestique ;
Sur elle exercez donc ce pouvoir despotique
Que le ciel, paraît-il, a mis entre vos mains !
Choisissez, au milieu des ces cloîtres malsains,
Le plus sombre de tous, enfermez votre fille :
Elle vient de souiller l'honneur de sa famille !

Surtout n'allez pas croire un instant qu'au couvent
Vous enterrez, Madame, un être encor vivant.
L'enfant qu'on traite comme une prostituée,
Madame, est morte, et c'est vous qui l'avez tuée !

O Seigneur, dites-moi, quand dans un couvent noir
Vous voyez à genoux sur la dalle, le soir,
Une naïve enfant, ravissante de charmes,
Qui lève vers le ciel ses yeux mouillés de larmes,
Et mêle à l'oraison qu'elle t'adresse, à toi,
Le nom du pauvre amant qui possède sa foi;
Qui, sans penser à vous lorsqu'elle dit : « Je t'aime »,
— Mots si souvent trouvés dans la prière même, —
Prononce ces deux mots en fermant ses beaux yeux,
Et croit ainsi parler à l'objet de ses vœux,
Dis-moi, Seigneur, au lieu de te mettre en colère,
Tu jettes, n'est-ce pas, un doux regard de père
Sur cette jeune enfant que frappe le malheur,
Dont l'amour d'une flèche a traversé le cœur,
Sur cette douce vierge, ignorante du vice,
Et du ciel tu bénis cette jeune novice;
Et, voyant dans son cœur ce chagrin étouffant,
Tu murmures tout bas : « O pauvre, pauvre enfant! »

II

RÉCIT — HYMNE A LA DOULEUR

Ève, sur un sofa nonchalamment assise,
Rêve seule à l'écart, et, triste, elle méprise
La conversation. Son regard langoureux
Révèle qu'en son cœur repose un amoureux ;
Et, tandis que, blessé, son cœur tout bas sanglote,
Sur sa lèvre vermeille et tremblante un nom flotte,
— De même que l'abeille, au soir d'un jour d'été,
Voltige sur la fleur étalant sa beauté. —

Pourquoi viens-tu troubler, au milieu de ses joies,
L'esprit de cette enfant, Amour, toi qui déploies,
Pour t'envoler vers nous, ainsi qu'un papillon,
Des ailes? Oh! pourquoi laisses-tu ce sillon

Dans nos cœurs attristés, lorsque tu nous effleures ?

. . . .

Or le sommeil régnait déjà dans les demeures.
Le silence profond succédait au grand bruit,
Comme au jour éclatant succède l'humble nuit.
Ève se retira. . . . .
. . . . Dans une chambre, un homme
Soupire tristement. C'est Robert qu'on le nomme.
C'est le pauvre officier ! Il a l'air malheureux,
Et le brouillard des pleurs couvre ses grands yeux bleus.
Oui, le front appuyé sur la main, Robert pleure.
Il est tard et tout dort ! Tout dort ! Qu'importe l'heure ?
Il ne veut pas dormir.
                    Les voiles du sommeil
Couvriraient son esprit jusques à son réveil,
Effaçant quelque temps la vierge au doux sourire,
La pauvre et tendre Éva qui dans ses bras soupire
Il la voit, il lui parle...
                    Ils sont là tous les deux :
La mémoire, l'esprit et le cœur ont des yeux.

Sa famille descend de la vieille noblesse
Du faubourg Saint-Germain ; et jamais il ne blesse

L'honneur de ses aïeux !

Il aurait ce qu'il faut

Pour mériter Éva, s'il n'avait le défaut

De n'être pas aimé de la jeune déesse

Qu'adorent de tout temps les mortels : la Richesse.

. . . .

Désirant la doter de leurs dons précieux,

Les vertus pour Éva descendirent des cieux.

La Vérité d'abord lui donna le langage ;

Ensuite la Pudeur lui donna, comme gage

De son constant amour, le voile vaporeux

Dont la vierge se pare aux yeux de l'amoureux.

La Prudence à son tour lui donna la sagesse ;

L'Honneur se signala par sa grande largesse ;

Et de tous ses bienfaits la déesse Amitié

Para son chaste cœur, où régna la Pitié.

Mais la Fidélité, par son présent céleste,

A cette pauvre enfant, hélas ! fut bien funeste.

Comme elle eut bientôt pris racine dans son cœur,

L'enfant ne put jamais oublier son vainqueur,

Et l'on sait que l'amour fait toujours des victimes,

Qu'aimer sur cette terre est le plus grand des crimes

O Douleur inhumaine! ô toi que l'on abhorre,
Que l'on chasse du cœur où tu verses la nuit,
Herbe maudite, fleur qu'on voit toujours éclore
Pour nous empoisonner de ton parfum maudit!

Elle a beau t'arracher, ta puissante racine
Reste au fond de son cœur; elle arrache tes fleurs,
Mais ton arbre demain encor dans sa poitrine,
Encor doit refleurir, arrosé par ses pleurs!

Va-t'en, Douleur, va-t'en là-bas, dans tes demeures,
Là-bas, dans la caverne obscure où tu te plais,
Là-bas, où les serpents, du jour comptant les heures,
Attendent les cœurs dont toujours tu les repais!

Va-t'en là-bas, là-bas, où règne la nuit sombre,
Où les hideux corbeaux font entendre leurs cris,
Où nul arbre jamais ne réfléchit son ombre,
Où règnent nuit et jour de funestes esprits.

Va-t'en, Douleur, va-t'en là-bas dans ton repaire,
Que du sang des mortels l'on voit ensanglanté;
Va-t'en, loin des humains, dans un coin solitaire,
Ou dans quelque réduit par les démons hanté!

Prends pitié de ses pleurs. Regarde : elle est si belle!
Regarde ses grands yeux! O Douleur! prends pitié
De l'enfant dont le crime est de rester fidèle,
De cette vierge qui tombe enfin à tes pieds.

Regarde ta victime : elle verse des larmes,
Et pourtant elle veut, elle veut bien mourir.
A l'aspect de la mort elle n'a pas d'alarmes;
Elle appelle la mort, mais ne veut pas souffrir!

Eh bien! frappe toujours, frappe malgré ses larmes,
Frappe sans écouter les sanglots que lui font
Exhaler ses tourments. Si tu trouves des charmes
A la voir souffrir, frappe et plonge jusqu'au fond

Ton glaive; et si tu crois que la mort est trop lente
A couronner ton œuvre, oh! frappe encor, Douleur,
Et, sans perdre de temps dans une longue attente,
Ouvre-lui donc le sein et piétine son cœur!

III

SUITE DU RÉCIT
PRIÈRE D'ÉVA — PLAINTE DU POÈTE
LA PRISE DE VOILE

Que fait Ève à genoux? Elle dit sa prière
En joignant ses deux mains, en baissant sa paupière,
En inclinant son front sur son sein virginal.

Autour de cette enfant le démon infernal
N'osa jamais rôder..
               Elle est là demi-nue.
Comme un astre du ciel à travers une nue
Nous laisse deviner sa splendide lueur,
A travers la batiste on peut voir la blancheur,
Les formes, les contours de son corps admirable.

Sur sa lèvre vermeille un sourire adorable
Voltige, et ses cheveux ruissellent à grands flots
De sa tête charmante.

             Oh ! quels jolis tableaux
Pour les yeux d'un amant !

                En entr'ouvrant sa bouche
Elle laisse exhaler une plainte qui touche.

— Qui donc, voulant souiller cette enfant par hasard,
Ne reculerait pas devant son pur regard ? —

Mais Éva s'est levée. Une pâleur mortelle
S'étend sur son visage. Une étrange étincelle
Brille dans ses grands yeux. Elle avance la main
Devant le crucifix, et, d'un ton surhumain :

« Je fais vœu devant toi, mon Dieu, mon roi, mon père,
Devant toi, mon soutien, Seigneur en qui j'espère,
Oui, de n'appartenir à personne qu'à toi,
De ne suivre, ô mon Dieu, que ton unique loi.
Je passerai mes jours au fond d'un monastère
Jusqu'à l'heure bénie où, quittant cette terre,
Je prendrai mon essor pour m'envoler aux cieux
Peuplés de séraphins aux chants harmonieux.

J'oublierai donc Robert, qui déplaît à ma mère,
Et j'irai, sans rêver un bonheur éphémère,
Comme un flambeau brûler aux pieds de ton autel,
Et dans mon cœur sera l'amour de l'Éternel. »

En achevant ces mots elle fondit en larmes,
Son âme succombait sous le poids des alarmes.
Plus la souffrance est grande et moins l'on fait de bruit,
Mais en silence on meurt pour un rêve détruit.

— Ainsi tout est fini pour vous, ô jeune fille !
Et vous dites au monde un éternel adieu ;
Et vous, dont la beauté comme une étoile brille,
Vous allez, chaste vierge, épouser votre Dieu !

Vous allez au couvent, à genoux sur la dalle
Passer les jours bénis de votre doux printemps,
Et, cachant votre pied dans l'horrible sandale,
De la bure couvrant vos membres grelottants,

Prier le jour, prier la nuit, toujours, encore,
Et du matin au soir et du soir au matin
Prier sans cesse, quand la terre se décore !
Par le froid, la chaleur, prier est ton destin !

Toi la reine du bal, toi qu'enivrait la danse,
Toi que l'on admirait le front semé de fleurs,
Toi dont les yeux divins lançaient en abondance
Des éclairs qui perçaient la sombre nuit des cœurs,

Ton corps sera caché par une robe noire,
Ta poitrine étouffée! O crime sans pardon!
Tes beaux seins étouffés! Oh! qui pourrait le croire?
Est-ce donc pour cela que le Ciel t'en fit don? —

. . . .
. . . .
. . . .
. . . .

Le couvent est paré comme pour une noce;
Il est orné de fleurs.

        — Ainsi sur une fosse
Où s'endort un ami l'on place des bouquets. —

L'autel est flambloyant et des tableaux coquets
Partout s'offrent aux yeux; et la supérieure
Porte ses petits yeux sur le cadran, car l'heure
Tarde trop à son gré.

        C'est aujourd'hui qu'Éva

Prononce ses vœux.

        L'heure a sonné :

                La voilà.

Elle a les yeux baissés. Sa chevelure blonde,
Qui porte une couronne où l'oranger abonde,
Jette, comme un soleil, des rayons éclatants.
Le couvent est rempli de nombreux assistants.

Elle a les yeux baissés. Les lèvres entr'ouvertes,
Pâles par le chagrin, par les douleurs souffertes,
Pour chasser les mots qui viennent les effleurer,
Parlent au roi du ciel qu'elle doit adorer.

Elle a les yeux baissés. Mais quel est donc cette homme
Caché par un pilier, habillé de noir, comme
S'il allait assister à quelque enterrement?
Éva, le connais-tu? Cet homme est ton amant !

Elle a les yeux baissés. Ainsi qu'une statue,
Robert est là debout; il ne voit pas; sa vue
Erre comme les yeux d'un aveugle. Robert,
Tes cheveux ont blanchi! Quel mal as-tu souffert ?

Elle a les yeux baissés. Voilà qu'elle s'approche

De l'autel; un son doux s'envole de la cloche.
Robert n'a pas bougé, toujours il est debout.
Tu veux donc assister au drame jusqu'au bout?

Elle a les yeux baissés. Mais elle se retourne,
Toujours priant le Dieu qui dans l'autel séjourne.
Un rayon de soleil joue avec ses cheveux.
Tout se tait, car l'enfant va prononcer ses vœux.

Elle a les yeux baissés. Sur son pâle visage,
Où les larmes, hélas! ont marqué leur passage,
On ne déchiffre rien, ni plaisir, ni chagrin;
Son front, après l'orage, est devenu serein!

Elle a levé les yeux vers le coin solitaire
Où se trouve Robert... elle roule par terre.
Elle est morte, dit-on, et l'on maudit la mort.
Non, du bonheur Éva n'a pas atteint le port !

IV

SUITE DU RÉCIT — DÉLIRE DE ROBERT

Tout est fini. L'enfant est morte pour le monde!
Au nom d'Ève il n'est plus personne qui réponde.
Elle s'est faite sœur de Saint-Vincent de Paul,
Qui recueillait l'enfant qu'on jetait sur le sol.
Marguerite est son nom.

                    Mais dans l'église sombre
Robert n'est plus. Hé quoi! confondu dans le nombre,
Serait-il donc sorti sans qu'on ait pu le voir ?
Le soleil disparaît et le jour devient noir ;
Le brouillard obscur plane en ce ciel de décembre.
Je ne vois pas Robert! Il n'est pas dans sa chambre.
Je l'aperçois enfin. Douleur ! Destin fatal!

Eh quoi ! Robert, c'est toi ? Robert à l'hôpital !

. . . .

. . . .

En sortant du couvent il est pris de vertige,
Il voit autour de lui la terre qui voltige ;
Il veut rester debout, mais il sent qu'une main
Le pousse et puis le fait tomber sur le chemin.
Des hommes qui passaient par là le ramassèrent,
Et dans un hôpital ces hommes le laissèrent.

Pour le pauvre Robert le tombeau s'apprêta ;
La Mort leva sa main, mais le Ciel l'arrêta.

Et je veux m'efforcer de rendre sur la lyre
Les sons qui s'échappaient de son cœur en délire.

I

Oh ! Seigneur, ce fut dans ton divin sanctuaire,
Qu'on avait tapissé de guirlandes de fleurs,
Oui ce fut là, Seigneur, que pour la fois dernière
A travers tous mes pleurs,

A travers et l'encens et la blanche fumée,
Et tandis que les chants s'élevaient vers le ciel,
Que mes yeux ont pu voir, debout devant l'autel,
Ma belle bien-aimée !

II

Ses grands yeux me semblaient des astres radieux.
Seigneur, elle priait ! Seigneur, qu'elle était belle !
Et tandis que pour toi les pleurs mouillaient ses yeux,
Moi je pleurais sur elle !

Elle levait, Seigneur, ses yeux, son cœur vers toi ;
Elle était toute à toi, Seigneur ! Ta fiancée,
Qui m'aima quelques jours, hélas ! n'avait pour moi
Pas même une pensée !

Elle était toute à toi, l'ange que j'adorais,
C'est à toi, son époux et son maître suprême,
C'est à toi que l'enfant tout bas disait : « Je t'aime »,
Tandis que je pleurais.

III

Ève ! Ève ! Où donc es-tu ? Je te veux ; viens ici !
J'interroge les cieux, j'interroge la terre ;
Rien ne répond jamais à mon cruel souci
    Que la cloche du monastère !

Ève ! Ève ! Où donc es-tu ? Pourquoi m'as-tu quitté ?
J'ai besoin des baisers de ta lèvre vermeille,
Et d'un ange gardien qui soit à mon côté
    Le soir pendant que je sommeille !

Ève ! Ève ! Où donc es-tu ? Quoi ! dans un noir cercueil
Tu dors, quoique vivante ; et, tandis que je pleure,
Je te vois à genoux dans ta sombre demeure
    Avec de longs habits de deuil !

IV

Ève ! Ève ! Je comprends, c'est mon deuil que tu portes
Au pied de cet autel plein de fleurs, de parfums ;
Tu pleures à genoux nos espérances mortes
    Et nos amours défunts !

V

SIÈGE DE PARIS — LA RENCONTRE
LA DOULEUR

La France à l'Allemagne a déclaré la guerre,
Et de ses jeunes fils elle a jonché la terre.

Maintenant l'ennemi, d'un bras victorieux,
Veut de Paris baisser le front impérieux.

— Avant d'être à Paris, que ta victoire navre,
Il te faudra fouler aux pieds plus d'un cadavre. —

Car Paris s'est armé.
                            Ses fils autour de lui
Sont tous prêts à combattre, à mourir aujourd'hui;

Et même le gamin de la dixième année
Dans son tout petit cœur sent qu'une ardeur est née
Si grande, qu'il s'étonne en cachette souvent
Que ce cœur ait si soif de courir en avant !

Mais l'ennemi s'avance, il marche.

> Mais qu'importe ?

Paris, toujours vaillant, ferme sa grande porte.

Ils resteront dehors jusqu'à l'heure où la faim
En riant brisera nos murailles d'airain ;
Ils resteront dehors jusqu'à l'heure maudite
Où la Paix en chantant, d'une main hypocrite,
Nous offrira le pain, que demandent nos fils,
Et que nous recevrons le cœur plein de mépris !

Mais l'ennemi s'avance. Il marche.

> Mais qu'importe ?

Le courage est vivant, si l'espérance est morte.

Les boulangers encor peuvent vendre du pain.
Nous sommes satisfaits, mais notre épée a faim.

2.

Avancez!

Si de vin le roi du ciel nous sèvre,
Nous voulons dans le sang étancher notre lèvre !
Notre faim est pareille à la faim des corbeaux :

N'ensevelissez pas les morts dans des tombeaux !

Mais l'Allemand est là !

Nos portes sont fermées

Il attend!

Car il sait que, bientôt affamées,
Les foules en pleurant accepteront leur sort,
Et que la faim fera ce que n'a pu l'effort!

. . . .

. . . .

Comme l'on se bat bien ! Voyez à la frontière
Combien de jeunes gens roulent dans la poussière,
Et, près de ces blessés, combien de nobles sœurs,
Se dévouant pour eux, vont soulager leurs cœurs.

Tenez, précisément, un officier succombe,
Une petite sœur dans ses bras, lorsqu'il tombe,
Le reçoit... Juste à temps cette sœur arriva...
Mais... Grand Dieu ! c'est Robert ! Cette sœur est Éva !

— Douleur, retire-toi, rentre dans ta demeure,
Car maintenant le ciel prend en pitié leur sort ;
De l'affranchissement voilà que sonne l'heure,
Va-t'en, retire-toi, laisse passer la Mort ! —

VI

LA GOUTTE D'EAU — LE BAISER
LES FIANÇAILLES FUNÈBRES

Ève l'a reconnu ! pauvre enfant ! Elle hésite.
S'éloigne t-elle ? Non. Il faut qu'elle s'acquitte
De son noble devoir.

     Robert ouvre les yeux.
« De l'eau, ma sœur ! » dit-il. O destin malheureux !
Où pourrait-elle bien en trouver ?

        « Je veux boire,
Rien qu'une goutte d'eau. »

        Qui pourrait bien le croire ?
Une larme jaillit des yeux de cette enfant,
Qui, tombant, vint mouiller les lèvres du mourant !

« Vous pleurez, dit Robert, oh ! vous êtes trop bonne ;

La vie, avec plaisir, ma sœur, je l'abandonne :
Je n'ai plus de lien qui m'attache ici-bas... »

Ève ferma les yeux et ne répondit pas.

« Ma sœur, n'avez-vous pas connu par hasard Ève,
Une sœur comme vous, la vierge de mon rêve,
Et qui comme vous doit veiller sur les soldats ? »

Ève ferma les yeux et ne répondit pas.

« Mais vous ne dites rien ! Ma sœur, l'avez-vous vue ? »
Et Robert, en disant ces mots, porta la vue
Sur la petite sœur :

             « Ciel ! Éva ! c'est donc toi ?
Oh ! je bénis la mort ! Dieu prend pitié de moi.
Éva, c'est toi, c'est toi ! Dans ma douleur extrême
Je n'ai pas reconnu cet idéal que j'aime.
Mon Ève, est-ce bien toi que je serre en mes bras? »

Elle ferma les yeux et ne répondit pas.

« Éva, je meurs, dit-il dans un accès de fièvre.

Approche de ma bouche, approche donc ta lèvre,
Que je puisse en mourant te donner un baiser,
Dis, auras-tu le cœur de me le refuser ?»

. . . .

. . . .

Mais, tandis que tremblants ils unissent leur bouche,
Une balle les frappe et par terre les couche !

Ils étaient séparés ; sur un lit de granit
Ils rompent leurs liens, et la mort les unit.

Le ciel, qui jusqu'alors était couvert de voiles,
Se montra tout à coup étincelant d'étoiles,
Et de la sombre terre où brillaient les éclairs,
Des concerts infinis vinrent charmer les airs ;
Et le canon garda ce soir un long silence,
Et, du vil Allemand oubliant l'insolence,
Paris, le grand Paris, resta calme un instant
En voyant sur son front cet azur éclatant !

Le ciel, qui jusqu'alors était couvert de voiles,
Se montra tout à coup étincelant d'étoiles,

Tandis qu'ils s'en allaient dans la splendeur du ciel
Passer les jours sans fin de leur lune de miel!

1879.

APRÈS LE CRIME

L'œil était dans la tombe et regardait Caïn.
VICTOR HUGO.

Quelle est cette femme qui passe
Près de moi, dont le regard glace
Mon cœur et fait pâlir mon front?

Qui donc es-tu, vieille à l'œil sombre,
Que j'aperçois la nuit dans l'ombre
Comme un fantôme vagabond?

En me voyant pourquoi sourire
Ainsi? Ne peux-tu pas me dire,
Vieille femme, ce que tu veux?

Tes sourires sont des menaces ;
Va-t'en, ô vieille, tu m'agaces !
Va-t'en, ton ris m'est odieux !

Eh bien ! je cède et je t'implore.
Qui donc es-tu, toi que j'abhorre
Et que je hais plus que la mort ?

Elle dit : « Je suis le remord ! »

1870.

NOËL

A MA MÈRE

I

Dans une chambre obscure un pauvre enfant dormait.
La mort l'allait ravir au foyer qu'il charmait;
Sa poitrine oppressée exhalait une plainte,
Et de ses bras raidis dans une vive étreinte
Il serrait sur son cœur un petit oreiller.

La mère de l'enfant, pour ne pas l'éveiller,
Debout près du berceau retenait son haleine.
Étouffant les soupirs dont son âme était pleine,

Elle courbait son front par les veilles blêmi
Et caressait des yeux son enfant endormi.

— Elle veillait son fils, la pauvre malheureuse,
Espérant l'arracher à la sombre faucheuse! —

II

Un ange au radieux visage,
Penché sur le bord d'un berceau,
Semblait contempler son image
Comme dans l'onde d'un ruisseau.

REBOUL.

Mais l'enfant s'éveilla. Vers sa mère il tendit

Ses petits bras maigris, et doucement lui dit :

« Maman, écoutez-moi; j'ai fait un rêve étrange.

Pendant que je dormais, j'aperçus un bel ange

Qui, s'avançant vers moi, me dit : « Jésus t'attend. »

Je prends sans avoir peur une main qu'il me tend,

Je le suis.

　　　« Bel ami, quelle est donc cette route? »

Fis-je.

　　　« Mon cher enfant, c'est la vie. »

　　　　　　　　Et j'ajoute,

En le voyant si bon :

　　　　　　　« Ange, où donc allons-nous?

« — Vers le Maître éternel qu'on adore à genoux.

« —Ami, ce n'est pas vers Jésus qui me protège,

« A qui les chérubins font un divin cortège,

« A qui chaque matin je dis une oraison

« Qu'il ne veut écouter — avec grande raison —

« Quand j'ai fait de la peine à ma petite mère?

« — Nul être, cher enfant, dit l'ange, n'énumère

« Les bontés de celui vers qui je te conduis.

« De l'univers entier les immenses produits

« Sont au petit Jésus, sont au Maître suprême.

« Pour les jeunes enfants son amour est extrême.

« — Mais, mon beau compagnon, hier au soir je sus

« Par ma chère maman que le petit Jésus

« Va venir m'apporter des choses bien jolies:

« Un chien, un vieux guignol faisant mille folies,

« Un cheval mécanique, un sabre, des fouets...

« Je dois rester chez moi pour prendre ces jouets.

« — Non, le petit Noël te veut offrir lui-même

« Ces dons. Il ornera ton front d'un diadème

« Qui doit comme un soleil briller au paradis,

« Et tu seras un ange, enfant! »

                      Mais je lui dis :

« Comment suis-je sorti sans que maman permette?

« Je voudrais bien rentrer.

                 — Il faut qu'on se soumette

« A l'ordre de celui qui nous gouverne tous.

« Le beau ciel est, enfant, le lieu du rendez-vous

« Où tout homme se trouve à son heure indiquée.

« A cet appel jamais l'âme revendiquée

« Ne manque d'accourir.

              Ta mère, mon ami,

« Auprès de ton berceau, te voyant endormi,

« De ses yeux mouillés croit sur ton visage blême

« Du sommeil éternel lire déjà l'emblème.

« Bénis Notre-Seigneur et le petit Noël,

« Car ils vont te donner comme présent... le ciel! »

Nous étions arrivés devant cette demeure.

Je m'arrête, et lui dis :

             « Mais il faut que je meure

« Pour entrer dans le ciel qu'habite le bon Dieu,

« Il faut quitter mon père et que je dise adieu

« A ma chère maman que j'adore!

Bel ange,

« Je ne veux pas du ciel, car je perds à l'échange! »

M'entraînant malgré moi vers le petit Jésus,

Le messager divin, que je ne voyais plus

— Tellement les rayons de la tête sacrée

Du Père qui nous aime et du Dieu qui nous crée

Projetaient sur mes yeux un éblouissement, —

Me laissa consterné dans le même moment

Aux pieds d'un jeune enfant à peu près de ma taille.

Inutile, maman, que ma lèvre détaille

La beauté de Jésus, la splendeur de son ciel;

Je ne te dirai que le fait essentiel.

Je me mis à genoux, et, les yeux pleins de larmes :

« O mon petit Jésus, dissipe mes alarmes.

« Est-ce vrai que je dois rester dans ce séjour?

« Est-ce vrai qu'il me faut, à partir de ce jour,

« Vivre ici, près de vous, et ne plus voir ma mère?

« Je rêve, n'est-ce pas, et c'est une chimère ?

« Réponds, mon doux Jésus, réponds avec bonté,

« Oh ! ne me laisse pas dans mon anxiété ! »

Mais Jésus : « Pourquoi donc retourner sur la terre,

« Où tout n'est que chagrin, où tout n'est que misère ?

« Pourquoi vouloir quitter la splendeur que voilà ?

« — Parce que, bon ami, ma mère habite là !

« — Mais ici, mon enfant, tout est bonheur et joie ;

« Aux embûches, au mal, on n'est jamais en proie ;

« On n'y pleure jamais ; le plaisir règne ici.

« Reste donc près de moi, je suis ton père aussi,

« C'est moi qui te créai, c'est moi qui te fis naître !

« — C'est ma mère, Jésus, qui me fit vous connaître !

« — Eh bien ! répondit-il, feignant d'être irrité,

« Va dans ces lieux maudits que tu viens de quitter.

« Vis donc, mais garde à toi ; je te prendrai ta mère,

« Cette grande douleur sera là moins amère,

« Car ma main sèmera tous les maux sous tes pas,

« Pour punir ce dédain que je ne comprends pas !

« — Tu ne me comprends pas ? Tu te mets en colère !
« Eh quoi ! mon bon Jésus, tu n'as pas eu de mère ? »
Dis-je en le regardant, et ce mot le toucha.

Le sourire à la lèvre, alors il attacha
Sur moi deux yeux charmés, et me dit :

       « Va, mon frère,
« Ton amour filial ne pouvait que me plaire.

« En aimant bien sa mère on obéit à Dieu !

« Vis longtemps avec elle, enfant, et sois heureux. »

Puis je me réveillai. »

3.

III

Oh! l'amour d'une mère! amour que nul n'oublie!.

VICTOR HUGO.

L'enfant rose et sans fièvre
Sur le front de sa mère en riant met sa lèvre,
Il dit d'un air câlin et confidentiel :

« J'aime mieux ton baiser que les trésors du ciel! »

Elle, pour un instant avait quitté la terre;
Vers le Maître éternel une douce prière
S'envolait de son cœur. Elle riait, pleurait.

Quoi! son enfant parlait! l'enfant qui se mourait,
Son enfant presque mort, revenait à la vie!
Il vivait! il vivrait!

Et son âme ravie

Remerciait Jésus, car le petit Noël,

Prenant enfin pitié de sa douleur amère,

Apportait à tous deux ce don qui vaut le ciel :

A la mère un enfant, à l'enfant une mère!

Décembre 1879.

MÉLANCOLIE

Lorsque sur notre front la jeunesse fleurit,
On fait des rêves d'or que longtemps on caresse ;
Le ciel nous est ouvert, l'avenir nous sourit,
Et l'Amour dans nos cœurs chante avec l'Allégresse.

Si l'on aime, l'on croit son amour immortel.
On pleure quelquefois, mais c'est pour mieux sourire.
Notre vierge est un dieu, notre cœur son autel ;
Pour elle nous faisons soupirer notre lyre.

Pour elle nous cueillons aux célestes jardins
Les pensers qui nous font vénérer par les hommes ;
Et, pour ne pas avoir à craindre leur dédains,
Nous voulons être, hélas ! plus grands que nous ne sommes.

Pour elle nous cherchons sur la terre un séjour
Où les plus belles fleurs versent leur douce haleine,
Un bocage ombragé pour cacher notre amour,
Un trône de jasmins pour asseoir notre reine.

Oh! pourquoi nous faut-il quitter sitôt l'enfance!
Quand ce premier chemin est enfin achevé,
L'adolescent se tourne et voit fuir l'espérance.
Triste, alors il comprend et dit : « J'avais rêvé! »

Oui, ce n'était qu'un rêve; oui, ce n'était qu'un songe.
L'espoir n'était qu'une ombre, une ombre qui s'enfuit.
L'amour est un tourment qui torture et qui ronge,
Le trépas est le jour, l'existence est la nuit!

Le bonheur est l'ami de la tendre jeunesse;
Contre les noirs chagrins un ange la défend.
La jeunesse s'envole et le bonheur nous laisse;
Le jeune homme voudrait redevenir enfant.

Il s'en va parcourant les riantes prairies;
Chante le désespoir de son cœur éprouvé;
Confiant son esprit aux douces rêveries,
Du bonheur il revoit le sentier achevé.

Mais, tandis que sa voix dans l'espace s'élance,
Il se sent assailli par les sombres douleurs,
Et, malgré son tourment, après un court silence,
A ces douces chansons il mêle quelques pleurs.

Et souvent le refrain qui commençait gaiement,
Le refrain où riaient l'Amour et l'Allégresse,
Arrêtant son essor et son rythme charmant,
Se termine soudain par un cri de détresse !

. . . .
. . . .
. . . .
. . . .

Mes vers sont quelquefois tristes comme les flots,
Et parfois ma chanson est de pleurs arrosée :
L'océan le plus calme a toujours des sanglots,
Et les plus belles fleurs des larmes de rosée !

1881.

PAUVRE PETITE FLEUR !

. . . . Il ne savait pas,
Lorsque vers cette enfant il conduisait ses pas,
Qu'il ne pourrait jamais mener dans ces salons,
Sans honte et sans rougir, la fleur de ces vallons.

(CARLOS-RENDON. *Poésies inédites.*)

I

Moi, j'ignore pourquoi vous avez tant pleuré !

Pauvre enfant, votre cœur par l'espoir effleuré

Avait-il caressé l'illusion du rêve ?

Avez-vous cru durable un bonheur qui s'achève ?

Vos doigts ont-ils cueilli la rose de l'amour,

Et s'est-elle effeuillée à la chute du jour ?

II

Pauvre enfant! tu pensais que la brûlante lèvre,
Qui fait bondir le cœur comme une jeune chèvre,
Ne pouvait pas mentir en donnant le baiser!
Le feu dont tu sentais ton âme s'embraser,
Tu croyais que jamais rien ne pourrait l'éteindre.
En effet, quelle haleine aurait pu bien atteindre
Le feu qui dans vos cœurs était enseveli?
Hélas! il a suffi du souffle de l'oubli!

III

Pauvre enfant! tu l'aimais; tu lui donnas ton âme.
Bien heureuse, pour lui tu te rendis infâme;
Ta mère, désolée, en mourut de chagrin;
Et tu marchais pourtant le front haut et serein.
La foule t'insultait, tu passais sans entendre.
Moi qui connais ton cœur, qui le sais bon et tendre,
Je me suis dit souvent : « Elle sourit le jour,
Mais qui sait si le soir, lorsque s'enfuit l'amour,
Tournant contre le mur sa gorge de colombe,
Elle ne pleure pas celle que prit la tombe!

IV

Un jour il t'a quittée. Il n'est plus revenu
A la chambre où toujours il fut le bienvenu.
Ta lèvre, accoutumée aux baisers de sa bouche,
Bien souvent embrassa l'oreiller de ta couche
Croyant baiser l'amant qui flétrit ta vertu,
Et tu lui demandais : « Mon ami, m'aimes-tu? »

V

Cet homme était méchant, puisqu'il t'a délaissée.
Chasse-le pour toujours de ton âme blessée.
Mais non, pardonne-lui, cet homme souffre aussi ;
De ce crime odieux cet homme s'est noirci,
Parce qu'à ses genoux sa mère s'est traînée.
A quoi pensais-tu donc quand tu fus entraînée
Vers l'abîme fatal, vers l'océan profond
Où tu ne fis d'abord que mirer ton beau front
Pour ensuite y laisser sombrer ta résistance,
A quoi pensais-tu donc, pauvre enfant? La constance
Était la douce fleur de son jeune printemps.
L'âge mûr rend les cœurs des hommes inconstants.

A cette heure il leur faut le foyer, la famille ;
A cette heure il leur faut la pâle jeune fille
Qui, sans aimer l'époux, unit ses jours aux siens,
Apportant comme dot la moitié de ses biens.

VI

Le printemps est aveugle ; aimer, pour lui, c'est vivre !
L'été prévoit toujours la saison qui doit suivre ;
Il voit venir l'automne, il voit venir l'hiver,
Et, voulant adoucir ce crépuscule amer,
Il se fait, — par ses fils que la jeunesse dore, —
Au déclin de ses jours une splendide aurore !

VII

Tu savais tout cela, pauvre petite fleur !
Mais un espoir venait murmurer à ton cœur
Que peut-être il pourrait te choisir pour épouse.
Lorsque l'on a foulé la fleur de la pelouse,
On ne se baisse pas, enfant, pour la cueillir :
On poursuit son chemin, on la laisse mourir.

VIII

C'est dans un beau salon, et non pas dans la rue,
Qu'une femme, à travers une valse apparue,
Se rendra pour toujours maîtresse de son cœur.
Oui, la vie est ainsi : va, pleure ton malheur !

IX

Et vous, pauvres enfants, que votre âme n'écoute
Jamais les don Juans qu'on trouve sur la route,
Puisqu'ils préféreront, dans leur désir mondain,
A la fleur du gazon la rose du jardin.

1880.

A MA MÈRE

Ma mère, vous aimez les fleurs et les oiseaux ;
Vous aimez la chanson des limpides ruisseaux,
Vous aimez le printemps, vous aimez la nature ;
Vous nous étonnez tous dans l'art de la peinture ;
Vous avez un grand cœur et des talents divers,
Et vous ne voulez pas que je fasse des vers !

Vous me dites souvent : « Mon enfant, les poètes
Sont toujours poursuivis par les sombres tempêtes ;
La tristesse toujours aiguillonne leurs cœurs ;
Ils sont montrés du doigt par les hommes moqueurs ;
Le Ciel mit dans leur front quelques grains de folie ;
Ils se laissent aller à la mélancolie
Et la terre est pour eux une étroite prison. »
Et je trouve, maman, que vous avez raison !

Ma mère, écoutez-moi.

        Quand le soleil se lève,

Lorsque la nuit s'envole en emportant mon rêve,

Bien souvent j'ai pleuré comme un petit enfant !

Je voyais dans les bois le soleil triomphant

Inonder de rayons les voûtes azurées,

Les monts et l'Océan, mes amours préférées !

Souvent, les yeux fixés sur un arbre lointain,

A mon fidèle esprit donnant un libre frein,

Je me suis souvenu de ma Suisse chérie !

J'ai vu son ciel d'azur et sa terre fleurie ;

J'ai vu la Jungfraou dont le front de cristal

Se dresse vers les cieux, plus fier qu'un front royal ;

Et Thoune avec son lac et son onde endormie

Qui parlait à mon cœur comme une tendre amie !

Et puis Interlaken, et puis enfin Genève,

Que l'esprit étonné croit toujours voir en rêve

Et qui foule à ses pieds les flots du bleu Léman !

Et puis le vieux mont Blanc !

        Et votre fils, maman,

Pour revoir les amours auxquels il est fidèle,

A l'oiseau qui passait il demandait son aile.

Et, ne pouvant voler au pays adoré,
Comme un petit enfant, ma mère, il a pleuré !

Mais un ange des cieux, un ange qui console,
Un ange dont le front est ceint d'une auréole,
Qui porte sur son sein la lyre aux fibres d'or,
Et qui (comme l'avare a soin de son trésor)
Veille sur votre fils que sa lueur inonde ;
Celle qu'après les miens j'aime le plus au monde,
Pour m'enivrer l'esprit, — pareille aux échansons, —
Vient me verser le vin exquis de ses chansons !

Ma mère, voyez-vous, j'ai l'âme trop sensible.

Oui, mon âme est pareille à ce roseau flexible
Que l'aile du zéphyre incline en le touchant,
Et qui, lorsqu'il se courbe, exhale un triste chant !

Un rien fait résonner les cordes de ma lyre.

Quand, lisant de Musset ou lord Byron, j'aspire
Le parfum de leurs vers, les pensers de leurs fleurs,
Dans mon esprit charmé j'entends mille rumeurs.
Il ne faut pas alors me demander, ma mère,
De jeter loin de moi la liqueur de mon verre ;

D'éloigner les pensers qui me rident le front !

Ma mère, il ne faut pas, dans cet instant fécond,

Me demander mon cœur et mon âme asservie,

— Car je vous donnerais cent fois plutôt ma vie ! —

Jetons, si vous voulez, nos yeux vers le passé.

Vous l'avez dit souvent. Lorsque j'ai commencé

Le chemin de la vie, on croyait, pauvre mère,

Que je devais bientôt m'envoler de la terre !

La science au trépas condamnait votre fils.

Et toi, mère, mouillant de pleurs le crucifix,

Ne trouvant plus d'espoir dans le décret des hommes,

Tu priais le grand Dieu qu'avec respect tu nommes.

C'est ton amour divin qui reprit au trépas

Le malheureux enfant qu'il tenait dans ses bras !

Et c'est pourquoi, ma mère ! oui, ma mère adorée,

Toi qui fis revenir mon âme évaporée,

(Ah ! quelle autre aurait fait ce que pour moi tu fis ?)

Je t'aime mille fois plus que tes autres fils !

Vous m'avez dit aussi qu'un homme au front sévère

Près d'un berceau fragile avait dit à mon père

Que votre fils un jour... Mais, puisqu'il s'est trompé ;

Mais, puisque mon front s'est plus d'une fois frappé ;

Ce qu'il avait prédit, je le veux toujours taire ;
Oui, je le veux cacher dans l'ombre du mystère,
Je ne le dirai pas. Mais certe il m'est permis
D'essayer de tenir ce qu'il avait promis !
Ainsi, pour terminer, laissez-moi donc, ma mère,
Jeter à tout venant une chanson légère ;

Et rappelez-vous bien que le Maître des cieux
Aux aigles a donné l'essor audacieux,
Aux fleurs leur doux parfum, à l'aube sa lumière,
A la mer son accent qui sait nous enchanter,
Les ailes aux oiseaux, à votre enfant, ma mère,
Un cœur pour vous aimer, une âme pour chanter !

Paris 1881.

A UNE AMIE

Vous qui me consolez, écoutez bien ceci.

Du malheureux enfant dans la peine endurci
Le sourire est toujours une simple grimace
Dont il sait se couvrir comme d'une cuirasse
Pour empêcher les yeux de lire dans son cœur.

Vous seule connaissez mon immense malheur,
Et vous avez sur lui répandu bien des larmes ;
Et dans mes longs sentiers semés de tant d'alarmes,
Moi, le premier venu, je vous vois, par pitié,
Jeter à pleines mains les fleurs de l'amitié !

Oh ! merci ! j'irai droit devant moi. Dans ma route
Je marcherai toujours ; et, si parfois le doute,
Les malheurs d'autrefois et le pressentiment
D'un chagrin à venir augmentent mon tourment,
Je tournerai vers vous ma prunelle obscurcie :

L'amour mouille les yeux, l'amitié les essuie !

1880

4

RÉPONSE

AUX JOLIS VERS DE MADAME B***

> Carlos, sais-tu, dis-moi, sais-tu d'où vient la brise,
> Et son air embaumé dont le parfum nous grise?
>
> MADAME B***

Oui, je sais d'où me vient la brise parfumée,

D'où me vient le bonheur et d'où me vient l'amour,

D'où me vient cette soif, helas! de renommée,

D'où me vient ce rayon qui m'éclaire le jour!

C'est d'elle, voyez-vous; c'est d'elle, mon idole,

D'elle que j'aime tant, d'elle qui m'aime un peu,

D'elle qui m'a dompté par sa douce parole,

D'elle, la chère enfant, qui me fait croire en Dieu!

Jadis je me roulais dans une immonde fange,
Je ne croyais à rien, je riais de l'amour ;
Mais, pour me convertir, Dieu m'envoya cet ange
De son ciel, et je crois à tout depuis ce jour.

Les brises me semblaient jadis empoisonnées :
Elles eurent pour moi le doux parfum des fleurs !
Pour la première fois, depuis bien des années,
De mes yeux amoureux je vis couler des pleurs !

Mes lèvres, qui n'avaient qu'un seul mot : « Que m'importe ? »
Balbutièrent alors des paroles d'amour !
Et pour elle, depuis, le doux zéphyre emporte
Sur son aile les chants du pauvre troubadour !

Et, si parfois j'appelle à moi la renommée,
Et si de l'Idéal je suis un des guerriers,
C'est pour jeter aux pieds de l'enfant bien-aimée
Non seulement des chants, mais encor des lauriers !

Si tu veux, noble femme, avoir une réponse
Et savoir à ton tour d'où te vient le bonheur,
Ou pourquoi Dieu sema sur ton chemin la ronce,
Je te donne l'exemple : interroge ton cœur !

1880.

DEUX QUATRAINS

I

Toi qui, sans les penser, peux dire
Des mots si doux pour me charmer,
Comme je saurais te maudire
Si je pouvais ne pas t'aimer !

II

Sans que ma muse gazouille
Une légère chanson,
Je prends ma plume, la mouille,
Et signe : Carlos-Rendon.

1879.

LES OISEAUX

A MES PETITES SŒURS

1

En face de mes fenêtres
Sont de vieux arbres touffus.
Dans les branches de ces hêtres,
Hier matin, j'aperçus

Des nids au sein du feuillage
Et de sémillants oiseaux :
C'est un gracieux village,
Mais sans maire et sans impôts.

Ils n'ont pas eu de gendarmes,
Ils n'en veulent pas non plus ;
Et ces messieurs n'ont pour armes
Que leurs petits becs pointus.

Ils vivent en république,
Sans souci du lendemain,
Car sur la route publique
Ils trouvent toujours du pain.

Oh ! quelle heureuse existence
Ont les hôtes du ciel bleu !
Ils parcourent la distance
Qui nous sépare de Dieu !

Non, pour eux tout n'est pas joie.
Ils ont à craindre, mes sœurs,
Au ciel les oiseaux de proie,
Sur la terre les chasseurs !

Interlaken, 1880.

ILLUSION

A LA SOCIÉTÉ DES IDÉALISTES

Mes frères ! croyons à l'amour,
Croyons à Dieu qui fit le jour,
 A l'espérance !
Qu'importe que nous nous trompions,
Mes frères, si nous oublions
 Notre souffrance !

Mais l'amour, l'espoir et le ciel,
Ce rêve doux comme le miel,
 C'est un mensonge !
Croyons toujours ; faisons, joyeux,
Mes frères, en fermant nos yeux,
 Un si doux songe !

Je sais que l'Amour est menteur,
Je sais que l'Espoir est trompeur;
    Mais que m'importe?
Et, sans croire qu'ils m'ouvriront,
Je tombe à genoux, et mon front
    Frappe à leur porte!

Quand dans sa route un voyageur
Fatigué, couvert de sueur,
    Tombe par terre,
Il lave sa chair en lambeau,
Et, pour se rafraîchir, boit l'eau
    Qui désaltère;

Il se trouve de nouveau fort,
Peut continuer sans effort
    Sa longue route;
Il a retrouvé sa vigueur,
Car il a bu de la fraîcheur
    Dans une goutte;

De même dans ces longs sentiers
Nous, les malheureux héritiers
    Du premier père,

Si nous nous sentons chanceler|
Sous le chagrin qu'on veut celer,
    Qui désespère,

Et si nous voyons notre cœur
Mis en lambeaux par le malheur,
    Par la souffrance,
Au lieu de nous mettre à pleurer,
Nous devons nous désaltérer
    Dans l'espérance.

1880.

A MONSIEUR

LE COMTE D'HAUSSONVILLE

MEMBRE DE L'ACADÉMIE FRANÇAISE

PRÉSIDENT DE LA SOCIÉTÉ DE SECOURS

POUR LES

ALSACIENS-LORRAINS DEMEURÉS FRANÇAIS

JE DÉDIE CE POÈME

L'ALSACIEN

FAIBLE MARQUE

DE MA RESPECTUEUSE SYMPATHIE

L'ALSACIEN[1]

Non! non! sachez-le bien, malgré la triste paix,
Nos pauvres frères sont et resteront Français.
Dans tous ces braves cœurs il n'est qu'une espérance :
Redevenir bientôt citoyens de la France.

Vous pouvez les forcer à parler allemand :
Si la lèvre obéit, le cœur, qui se défend,
Ne se rendra jamais, et le soir, quand on prie,
On se souvient toujours de la chère patrie.
Pour que l'Alsacien, par vos armes soumis,
Voulût bien accueillir comme d'anciens amis

1. Ce poème parut, pour la première fois, en 1880, sous le
pseudonyme d'Albert Salvator.

Des pillards, il fallait, — en changeant la frontière
Où nos vaillants soldats roulaient dans la poussière
Plutôt que de se rendre à leur cruel vainqueur, —
Prussiens!... il fallait aussi changer son cœur!

I

Près de Strasbourg il est un modeste village
Où l'humble instituteur, vieillard brisé par l'âge,
Aux enfants de l'Alsace enseigne le français ;
Le gouverneur l'ignore ainsi que ses laquais.
Le vieux maître souvent cueille dans notre histoire
Quelque fait glorieux, quelque grande victoire.
Aux récits du passé, le cœur de ces enfants
Devine le retour des Français triomphants.

Quelquefois — mais alors il leur parle à voix basse —
Il conte à ces enfants, aux Français de l'Alsace,
Combien furent cruels pour nous les Allemands;
Et combien, de nos jours, par leurs cris alarmants,
Ils veulent dans l'effroi jeter la pauvre France,
Qui se lève, oubliant sa dernière souffrance;
Prête à venger, toujours la cicatrice au front,
Mais l'épée à la main, un passager affront!

Il leur dit en pleurant, le pauvre octogénaire,
Que ses deux fils sont morts dans la dernière guerre;
Qu'ils étaient son soutien, l'espoir de ses vieux ans;
Que tous deux ils sont morts, tous deux en combattants;
Que lui, malgré son âge, il avait pu survivre
A leur trépas. — Jadis il aurait voulu suivre
Au tombeau ses enfants, — mais, heureux de son sort,
Il ne désire plus, — il ne veut plus la mort.
Le matin et le soir, quand pour la France il prie,
De reculer sa fin le Seigneur il supplie.
Il veut vivre longtemps, car pour mourir en paix
Il lui faudrait pouvoir... pouvoir mourir Français !...

II

Il leur parle souvent de l'héroïque ville
Qui par les Allemands au cœur bas et servile
Fut presque mise à sac, de Strasbourg qui souffrit
Un bien long siège avant que l'ennemi la prît;
De Strasbourg, qui devint française sous le règne
Du roi Louis le Grand; oui, de Strasbourg, qui saigne
Toujours de sa blessure, et qui montre au passant
Ses murs criblés de trous et teints encor de sang!

. . . .

« Oh! dit-il, mes enfants, quelle terrible guerre!
Pareille à celle-ci, non, nous n'en verrons guère.
Nous avons supporté pendant cinquante jours
Un siège abominable, attendant des secours!
Moi-même, quoique vieux, j'étais à la frontière
Avec mon chassepot; la ville tout entière,
Femmes, vieillards, enfants, tourmentés par la faim,
Couraient aux murs chercher une immortelle fin!
Que j'en ai vu mourir de jeunes militaires!
Ils sont assurément heureux, ces pauvres frères,
Nos enfants, nos amis, nos gendres, dont la mort,
Hélas! des ennemis n'arrêta pas l'effort.
Ceux-là qui sont tombés au printemps de leur âge,
Ceux-là que le Destin ravit à l'esclavage,
Ils furent plus heureux que nous, mes chers enfants,
Car ils ne virent pas les Badois triomphants!... »

— Avec ses yeux ardents, avec son puissant verbe,
Le patriote et bon vieillard était superbe. —

Puis il ajoute encore : « Oh! mes petits amis,
Si vous aviez pu voir, lorsque les ennemis
Entrèrent à Strasbourg, la rage de la foule!
Je croyais qu'elle allait, comme une immense houle,

Engloutir les soldats Allemands. Un malheur
Était à redouter ; ils en tremblaient de peur.

« Que de femmes en deuil ! combien de jeunes veuves !
Combien de mères sont mortes dans les épreuves !
Combien nous en voyons encore, de nos jours,
De pauvres cœurs blessés qui sanglotent toujours !
Combien nous en voyons de femmes à l'église
Qui pleurent !... dans leurs mains cachant leur tête grise,
Combien !... » Mais il se tait soudain, car il voit pleins
De larmes tous les yeux des petits orphelins !

III

Tout le monde connaît cette touchante histoire
Dont chaque Strasbourgeois a gardé la mémoire :
Lorsque les Allemands, vainqueurs de nos guerriers
Pénétrant dans la ville, eurent fait prisonniers
Nos vaillants défenseurs, il restait sur le faîte
De l'église un drapeau défiant la tempête
Qui grondait à ses pieds ! — Il était là, le soir,
Sous le ciel étoilé..... beau, magnifique à voir !

On aurait dit de loin qu'il planait dans la voûte
Du firmament d'azur, que malgré la déroute
Nous avions dans le ciel un puissant allié
Qui des Français trahis allait prendre pitié,
Et que, si nous perdions la France avec nos hommes,
Le ciel nous réservait ses splendides royaumes !

Comme les Allemands ne pouvaient pas trouver
Un seul Alsacien qui voulût enlever
Du sommet de la tour le drapeau tricolore,
Le fier drapeau français, effrayant météore,
Ils furent obligés d'envoyer un soldat,
Un Prussien, là-haut, afin qu'il l'arrachât.
Le lendemain matin, au lever de l'aurore,
On aperçut encor le drapeau tricolore,
L'égide de la France ! Ainsi pendant huit jours
Un soldat l'enlevait, mais le matin toujours
Il y planait. Alors on surveilla l'église.
Quel est donc ce vieillard ? Sa marche est indécise ;
Il s'avance à pas lents, couvert d'un long manteau
Dont les plis agités cachent mal un drapeau.

. . . .

Vous l'avez reconnu, — c'est le maître d'école,
Le fils d'un brave qui mourut au champ d'Arcole.

IV

Les forces du vieillard déclinaient tous les jours
Et souvent les enfants, privés de ses discours,
Lisaient avec terreur sur son pâle visage
De son trépas certain le funeste présage ;
Et sur son cher troupeau le malheureux vieillard
Avec plus de douceur attachait le regard ;
Comme s'il regrettait, voyant sa fin prochaine,
A cause des enfants, que Dieu rompît sa chaîne.

Car qui donc, après lui, graverait dans leurs cœurs
Le culte des vaincus, la haine des vainqueurs ?
A l'âge où l'on voit tout avec indifférence,
Qui donc leur apprendrait à bien chérir la France ?
Qui, comme lui, rendrait avec tant de succès
Les cœurs de ces enfants dignes d'être français ?
Qui leur dirait demain, si leur âme l'ignore,
Que leur camp est celui du drapeau tricolore ?
Et qui dirait enfin au jeune adolescent
Que pour être Français on doit verser son sang ?

Un jour que les enfants allaient entrer en classe,
Le malade, couché sur sa vieille paillasse,

Voiture qui devait le mener jusqu'au ciel,
Voulut, avant la fin de ce drame cruel,
Une dernière fois parler à chaque élève.
Ils viennent : le vieillard lentement se soulève,
Il jette avec douleur ses regards abattus
Sur ces pauvres enfants qu'il ne reverra plus,
Et dit : « Seigneur ! je viens, puisque tu me réclames ;
Mais, quand je serai mort, veille bien sur leurs âmes. »
Et puis, en s'adressant à ces jeunes marmots,
D'une voix déchirante il ajoute ces mots :
« Mes amis, sur ce lit où le destin me cloue,
La vie avec la mort sur mon cadavre joue,
Et je tremble de froid ! C'est la main du trépas
Qui gagne la bataille et me saisit au bras. »
— Car, même en cet instant, ce soldat de naguère,
Ce mourant d'aujourd'hui, ne rêvait qu'à la guerre. —

« Comme maître d'école, après moi vous aurez,
Hélas ! un Allemand : mes enfants, vous saurez
Bien vous conduire ; mais ce qui me désespère,
C'est qu'il pourrait avec sa langue de vipère
Verser dans votre cœur un funeste poison.
Vous l'écouterez bien, et vous aurez raison ;

Mais vous auriez grand tort, mes chers petits, de croire
Tout ce qu'il vous lira dans leur vilaine histoire ;
Et je veux me damner s'il ne fait pas exprès
De vous parler souvent mal de nos bons Français.
Vous ne le croirez pas, vous rappelant, j'espère,
Les avis d'un vieux qui vous aima comme un père. »

— Et le pauvre vieillard, dont la lèvre pâlit,
Fatigué, retomba sur son funèbre lit. —

Puis, après un instant, le soldat se redresse,
Pour la seconde fois aux enfants il s'adresse :
« Mes amis, je ne veux pas mourir Allemand !
Pour qu'on n'ignore pas ce que mon cœur dément,
Je veux que mon épouse à mon vœu se conforme,
Et me mette au cercueil avec mon uniforme,
Celui que je portais dans les jours incertains
Où la Victoire encor de ses regards hautains
Éclairait à la fois la France et l'Allemagne,
Peuples voisins, tous deux fils du grand Charlemagne !
Lorsque de ces combats nous apprîmes la fin,
Lorsque la Victoire eut couronné ce Caïn,
Avec soin je le mis dans le fond d'une armoire,
Attendant que sonnât l'heure de notre gloire ;

5.

Mais le Seigneur voulait que l'heure de ma mort
Dans l'immense cadran du ciel sonnât d'abord ! »

— Et la Mort attendait. Elle semble pressée,
Et le vieillard se tait : sa poitrine oppressée
Paraît à chaque instant exhaler le soupir
Dernier !...
      Le moribond venait de s'assoupir.
Les malheureux enfants, que ce drame effarouche,
Étaient là, tout tremblants, auprès de cette couche
Où cet astre bientôt s'éteindrait pour toujours,
Lui qui sut les guider à l'aube de leurs jours !

Pendant ce temps, la vieille et malheureuse femme
Donnait un libre cours aux sanglots de son âme.

V

Et le village était sombre et silencieux.

Soudain de tristes sons vibrèrent jusqu'aux cieux.
Le mourant se dressa : le sourire farouche
Pour la dernière fois vint contracter sa bouche !

« Oh! je te reconnais, je reconnais tes sons!
Tu n'as pas oublié tes anciennes chansons;
Longtemps tu n'avais pas réjoui mon oreille,
Mais, aujourd'hui, ta voix dans mon âme réveille
Un bien cher souvenir! Tu me fais ton adieu!
Bientôt, avec tes chants, je monterai vers Dieu.
Et, bien que loin de toi ton vieil ami succombe,
Tu viens verser pour pleurs tes accents sur sa tombe.
Merci! » Puis, se tournant vers les pauvres enfants
Qui sanglotaient, il dit, s'adressant aux plus grands
« Voyez-vous, près du mur, ce drapeau tricolore,
Tandis que de Strasbourg ce tintement sonore
Arrive jusqu'à nous? Eh bien! cet étendard
Qui se trouve aujourd'hui dans un coin, à l'écart,
Était un de ceux qui, sur notre cathédrale,
Devait au jour, à la surprise générale,
Briller et resplendir, étonner tous les yeux;
Faire croire qu'un ange était venu des cieux
Pour placer — puisque l'on en surveillait l'approche —
Le drapeau tricolore au-dessus de la cloche.

« J'avais dix étendards, et j'en ai placé huit;
Le neuvième avec moi fut pris dans une nuit,

Et voilà le dixième ! Et dans la cathédrale
La cloche, mon amie, accompagne mon râle !
Et dire que j'avais, hélas, le fol espoir,
Au-dessus de la cloche, un jour, de le revoir
Ainsi qu'au temps heureux ; de le placer moi-même,
De le montrer au peuple alsacien qui l'aime,
Et qui, joyeux, battrait des mains au même instant,
De l'admirer là-haut et de mourir content !

« Mais non, tout est fini, la mort vient et me serre,
O mes pauvres enfants, dans sa terrible serre !
. . . .
C'est fini, plus d'espoir. Cloche, sur mon cercueil
Pleure un si grand désir que brise cet écueil.
Mais, que vois-je ? un éclair enflamme votre mine
Et de son vif éclat mon esprit s'illumine,...
Et l'espérance encor vient vers moi, me sourit...
Et du doigt montre un mot sur votre front écrit.
Enfants, je lis : « Français ! » Oui, mes petits, vous êtes
Français ! car l'Allemand en ses vaines conquêtes
A pu vous asservir, mais il ne peut jamais,
Non ! vous faire oublier que vous êtes Français !

« Vous irez, vous irez, avec cette bannière,
Lorsque les deux pays seront encore en guerre,

Vous irez couronner notre orgueilleuse tour!
La cloche chantera pour bénir ce retour!...

. . . .

Couché dans le tombeau, mon corps, des vers la proie,
A ce chant triomphal tressaillira de joie!...
Et lorsque des Français sera vengé l'affront,...
Mon ombre descendra pour vous baiser au front!
Jurez-le! jurez-le! »

     Tous, à genoux, jurèrent. .

Puis le vieillard mourut, et les enfants pleurèrent!...

. . . .

VI

Le vieux maître d'école eut comme successeur
Un jeune Prussien. Le nouveau professeur
Pose des questions sur la géographie
Aux élèves : sa voix, son air, les terrifie.
Il s'adresse à l'un d'eux qu'il vient d'apercevoir.
— Or, comme un orphelin, il était tout en noir. —
« Réponds : sais-tu, bambin, où se trouve la France ? »
Et l'enfant dit, le front éclairé d'espérance,

En frappant sa poitrine avec un air vainqueur :

« Oh! certes, je le sais : elle est là, dans mon cœur ! »

1879.

LES

PRÉMICES DU COEUR

A MADEMOISELLE V***

MADEMOISELLE,

Si mes vers tombent jamais sous vos yeux, vous reconnaîtrez certainement la Muse qui les a inspirés. Puissent-ils vous rappeler les instants trop courts que le Ciel me permit de passer près de vous, et l'amour sans bornes qui s'empara de moi dès que j'eus le bonheur de vous voir !

J'ai légèrement tracé dans ces poésies nos entrevues bénies, et je regrette de ne pas avoir chanté dignement cet Océan qui modulait à nos pieds des tristesses sans fin.

L'azur de son onde me rappelait la douceur de

vos yeux, et le grain doré de son rivage la splendeur de vos cheveux.

Le portrait que vous m'avez si tendrement re-
fusé m'a donné la pensée d'une courte poésie. Je
comprends aujourd'hui la faute que j'ai commise
en vous le demandant, puisque je n'ai qu'à fer-
mer les yeux pour vous voir passer devant moi,
— et je m'étonne que ma mémoire soit aussi fidèle
que mon cœur.

Nous étions bien jeunes alors, nous le sommes
encore aujourd'hui. Nos rêves d'or ne sont peut-
être que des enfantillages; mon espoir ne doit
peut-être pas se réaliser. Vous souvenez-vous seulement de moi? Je l'ignore. Pourtant, la nuit de
nos adieux, vous m'avez promis de ne pas m'oublier, et vous me l'avez dit les larmes dans les
yeux. Je me le rappellerai toujours, et, même si
vous ne teniez pas votre promesse, je vous en serai éternellement reconnaissant.

Si j'avais été libre, je vous aurais suivie dans
la brune Ibérie. Comme l'hirondelle suit l'astre
qui fait fleurir le printemps, j'aurais pris aussi
pour guide l'étoile qui faisait germer dans mon
cœur la graine de l'amour. Quand vous êtes par-

tie, j'ai pleuré de me voir enchaîné par les liens
du devoir, — et je n'ai jamais autant chéri la
liberté!

Ces heures se sont vite écoulées. Je ne vous re-
verrai peut-être jamais, et je ne suis pas de ceux
qui pensent qu'on ne peut avoir qu'un seul
amour, — mais je crois qu'on n'aime jamais
comme la fois première.

Avant de vous connaître, je pensais avoir eu de
grandes affections; mais le sentiment qui se rendit
maître de mon cœur lorsque je vous aperçus me
révéla que je n'avais jamais aimé.

Ainsi, c'est vous qui fîtes germer dans mon
cœur la graine de l'amour. Cette graine s'est dé-
veloppée. Elle a produit un arbrisseau au vert
feuillage où sont venus nicher des oiseaux mélan-
coliques. Ce sont les premiers fruits, ce sont les
premières chansons, — *prémices de mon cœur,* —
que j'ose vous offrir aujourd'hui, — et je ne fais
que rendre à César ce qui est à César.

Je termine. Mon esprit reverra toujours ces
heures englouties dans le passé.

Comme le premier homme, chassé du paradis
terrestre, tournait souvent les yeux vers le jardin

de délices, je fixerai aussi ma pensée sur celle qui fut mon bonheur et qui n'est plus aujourd'hui qu'un idéal !

CARLOS-RENDON.

LA PETITE DUCHESSE

A MON AMI DE CHATEL-BÉRAULT

> Ver de terre amoureux d'une étoile.
> VICTOR HUGO

I

Biarritz me berçait de sa douce chanson.
A la voix de ses flots se mariait le son
Que l'orchestre exhalait non loin du beau rivage.

Mon cœur, qui n'était pas tombé dans l'esclavage,
Goûtait, ivre de joie et vierge de désir,
Ces chants qui lui causaient un innocent plaisir.

Le ciel était paré de ses belles étoiles ;
A la clarté du phare on distinguait les voiles
Qui dansaient sur la mer, comme dans les salons
Du Casino glissaient au son des violons.
Les couples enlacés de jeunes demoiselles
Et de cavaliers qui semblaient avoir des ailes.

Je regardais le ciel, je regardais la mer,
J'écoutais à la fois le chant du flot amer
Et les sons enivrants de l'enivrant orchestre :
Et je me crus alors au paradis terrestre.

Mon âme de poète admirait et chantait.

La mer, le ciel, les voix, les sons, tout m'enchantait,
Et dans un doux transport : « Que manque à ce mélange
De plaisirs ? » murmurai-je.

                  A ce ciel manquait l'ange !

Mais je le vis bientôt, habillé tout en blanc,
Portant ses pas vers moi, frivole, turbulent,
Ayant des fleurs au front et des fleurs au corsage,
Heureux d'être admiré, d'entendre à son passage
Le murmure flatteur qu'exhalait chaque cœur,

Et parmi des vaincus de passer en vainqueur !

II

Je ne veux pas ici tenter de la décrire :
Tout ce que je dirais, que je pourrais écrire,
Même si de l'enfant je peignais chaque trait,
Ne serait, mes amis, qu'un bien méchant portrait.

Mon cœur à son aspect bondit dans ma poitrine :

— L'amour m'avait appris sa divine doctrine,
Pour livre j'avais eu les grands yeux de l'enfant. —

Et j'étais bien heureux, et j'étais triomphant;
Car ses yeux avaient vu mon regard !
                                    Ses prunelles
Avaient je ne sais quoi de si touchant en elles,
Et leur regard était si rempli de douceur,
Qu'aussitôt je crus voir cette immortelle sœur

De l'âme, cet envoyé du ciel, enfin cet ange
Qui nous montre le bien, le mal, — les fleurs, la fange!

Cette heure fut pour moi douce comme le miel :
J'avais vu l'idéal et contemplé le ciel !

III

Elle avait disparu que je voyais encore
Son visage charmant qu'un sourire décore,
Paré de deux yeux bleus, respirant la fraîcheur,
Et dont un ciel brûlant respectait la blancheur !

J'entrais au Casino me berçant de chimères,
Reniant les douleurs et les heures amères,
Voyant l'avenir rose, oubliant le passé,
Le sentier où j'avais insoucieux passé ;
Et, pour obéir au devoir qui nous dit : « Marche ! »

Le terrible moment de reprendre sa marche !

IV

Quand le mousse, qui vit et meurt sur son vaisseau,
Rêve à ce cher pays où Dieu mit son berceau,
    Il étouffe un soupir.
                    Le nom de la patrie,
Que de loin il chérit avec idolâtrie,
Lui fait verser des pleurs. Serré de tous côtés
Par les vagues, l'enfant se met à sangloter.

Mais, s'il entend soudain retentir le mot « Terre! »
Il se lève, il descend d'un bond involontaire
L'escalier, qui du choc s'ébranle et retentit.

Le navire à ses yeux est alors tout petit :
En voyant ces maisons si grandes, il lui semble
Que quatre, douze, cent, mille vaisseaux ensemble,

Ne seraient pas si grands qu'une seule maison :

— Et le navire alors lui semble une prison. —

Il est heureux, le mousse ! Il marche, il court, il vole !
Lui, si tranquille à bord, est devenu frivole ;
Mais il faudra demain, à la pointe du jour,
Dévoré de chagrin, quitter ce beau séjour ;

Et près du mât, rêvant à sa terre natale,
Il maudira tout bas sa carrière fatale.

Je dus partir aussi, mais partir pour toujours ;
Et je traîne dès lors, rêveur, mes tristes jours.

V

Je cache mon tourment, je souris, je m'amuse
A copier les vers que me dicte ma muse ;
Seulement, chaque soir, loin du monde et du bruit,
A l'heure où tous les toits sont baignés par la nuit,
Quand la lune apparaît dans le dôme nocturne,

Je contemple les cieux et deviens taciturne !

1880.

DISCRÉTION

Si vous croyez que je vais dire...

A. DE MUSSET.

Lorsque dans vos salons vous verrez soucieux,
Tandis que tout s'amuse et que tout est joyeux,
Un jeune homme rêveur vous suivre, jeune fille,
De son regard jaloux qui s'enflamme et qui brille,

Lorsque, fixant sur lui par hasard vos grands yeux,
Vous le verrez baisser ou lever vers les cieux
Son regard qui vous dit ce qu'il n'ose vous dire,
Interprète d'un cœur qui souffre et qui soupire,

Ayez pitié de lui, chère âme, car c'est vous
Qui de votre regard si caressant, si doux,
Aurez fait le malheur de ce pauvre jeune homme,

— Que vous devinerez sans que je vous le nomme. —

Biarritz, 1879.

6.

A MADEMOISELLE V***

> La femme est une perle.
>
> DE CHATEL-BÉRAULT.

La vie est une mer aux vagues indomptées.
Le souffle du destin qui soulève ses flots
Fait chavirer parfois nos âmes agitées.

Comme la mer, la vie est pleine de sanglots !

Au milieu de la vie est l'île du repos !

Comme la mer, elle a quelques heures bénies
Qui répandent la joie aux pauvres matelots,
Et bercent leur esprit de douces harmonies.

La vie a dans ses flots des êtres monstrueux,
De cruels caïmans, nageant parmi les branches
Qui flottent sur la vague, et dès poissons hideux :

Mais, ainsi que la mer, elle a des perles blanches !

1880.

PETIT SONNET

Si vous m'aimez, — pourquoi me faire ainsi souffrir,
Pourquoi glacer mon cœur par votre indifférence,
Pourquoi rester muette en voyant ma souffrance,
Et pourquoi faire enfin semblant de me haïr ?

Si vous ne m'aimez pas, — pourquoi prendre plaisir
A me jeter parfois un regard d'espérance ;
Pourquoi sourire ainsi de ma persévérance,
Et quand vous me voyez, enfin, pourquoi rougir ?

Si vous m'aimez, — pourquoi cacher ainsi votre âme
Et feindre, ô mon amour, de mépriser ma flamme,
Et ne pas l'avouer un soir, tout bas, tout bas ?

Et quand je vais m'asseoir près d'une jeune fille,
Pourquoi dans vos grands yeux, où la colère brille,
Ce regard anxieux, — si tu ne m'aimes pas ?

Biarritz, 1879.

BONHEUR

Je suis fier de t'aimer et de souffrir, enfant.

Je serais encor plus heureux et triomphant,
Chère âme, si ton cœur daignait être sensible.

Je ferais tout pour toi, je ferais l'impossible ;
Tu n'aurais qu'à parler, pour te voir à l'instant
Même obéie, et quand ton amoureux constant
Ferait ta volonté, pour seule récompense
Il te demanderait, mais sans grande espérance,
De lui laisser mêler dans son cœur enflammé

Au plaisir de t'aimer le bonheur d'être aimé !

Biarritz, 1879.

DÉSESPÉRANCE

Lorsque, fermant les yeux, en rêve je te vois,
Bel ange au doux souris, que j'entends de ta voix
L'écho mélodieux, je deviens triste et morne,
Car tu ne m'aimes pas. Dans mon chagrin sans borne,
Désirant me venger de ton regard moqueur
Qui méprise les vœux adressés à ton cœur,
Pour éteindre l'amour qu'allumèrent tes charmes,

Je laisse sur mon sein couler mes tristes larmes.

Biarritz, 1879.

CRUAUTÉ

Si belle avec un cœur d'acier.
VICTOR HUGO.

Pourquoi vous ai-je vue, et pourquoi vous aimé-je ?

Les fleurs que Dieu sema sous votre front de neige,
— Écloses, chère enfant, aux rayons de vos yeux, —
Ont versé dans mon cœur le parfum précieux
De l'amour éternel qui torture et qui tue.

Enfant, vous êtes belle ainsi qu'une statue
Qui nous montre Vénus sortant du sein des flots,
Et mêlant son sourire aux funèbres sanglots
De l'océan d'azur qu'à ses pieds elle foule.

Vous jetez le dédain sur mon âme, d'où coule
Un amoureux ruisseau de plaintives chansons.
Les épines qu'on voit l'été sur les buissons

Blessent presque toujours les ailes des abeilles
Qui veulent s'approcher de leurs roses vermeilles,
Et vos cruels regards blessent aussi mon cœur
Si j'ose vous parler d'amour, ô chaste fleur !

1879.

RONDEAU

« Je ne crois pas, dites-vous, à l'amour. »
Mais pourquoi donc, chère âme, ainsi sourire ?
Pourquoi ces yeux, que tout le monde admire,
Avec pudeur les baissiez-vous le jour
Que j'osai vous parler de mon délire ?

Comment, ce cœur, pour lequel on soupire,
Serait fermé, chère enfant, sans retour !
Je suis sincère, et j'ose bien vous dire :
            Je ne crois pas !

C'est pour toi qu'il est fermé, troubadour.
S'ouvrira-t-il en écoutant ta lyre
De ses accents lui chanter ton amour ?
En écoutant mon âme, qui soupire
Comme un ramier : M'aimera-t-elle un jour ?
            Je ne crois pas !

Biarritz, 1879.

LE PORTRAIT

« Jamais, avez-vous dit en baissant vos beaux yeux,
Vous n'aurez ce portrait ! » Votre front gracieux
Se couvrit de rougeur. Jamais ! Et votre lèvre
Tremblante répétait dans un accès de fièvre
« Jamais ! » Et j'étais là, rougissant à mon tour,
Sans dire une parole et palpitant d'amour.

Oh ! gardez ce portrait. Poursuivant mon voyage,
— Et sans avoir reçu de vous ce tendre gage, —
J'emporte, chère enfant, toute votre beauté,

Puisque votre visage en mon cœur est sculpté.

Biarritz, 1879.

CE QUE M'A DIT L'OCÉAN

J'étais près de la mer.
                    Que suis-je pour oser,
Quand le soleil s'éteint à l'horizon, baiser
Le tapis de verdure où ton pied se repose ?

Je suis le rossignol qui vole et qui se pose
Sur le rameau tremblant de l'odorant rosier.

Je suis le doux zéphyre, et je viens caresser
De mon souffle béni tes cheveux, que la rose
De ses plus doux parfums à chaque instant arrose.

Et l'Océan me dit :
                    « Sot ! tu n'es qu'un hibou.
Va cacher ta laideur dans le fond de ton trou.
Comment oses-tu donc aimer une colombe,
Et comment permets-tu que ta prunelle tombe
Sur son front éclatant, ô hibou plein d'orgueil ?

L'aigle seul a le droit d'approcher le soleil !

MA RÉPONSE A L'OCEAN

J'étais triste !

      La mer riait de ma douleur.

Je ne suis qu'un hibou !!!

          Mon front, — comme une fleur
Se fane à la clarté du sombre crépuscule, —
Tandis que l'Océan insoucieux ondule,
Se sentait envahi par la froide pâleur.

Et j'ai dit à la mer :

        « Les hiboux ont un cœur !
Tandis que dans les flots où la voile circule,
Tandis que dans ton sein, qui sans cesse articule
De terribles chansons sur un rythme endormeur,
Océan, flot maudit, Dieu n'a pas mis un cœur !

Si le hibou sort quand la nuit couvre de voiles
Le grand firmament, c'est qu'il aime les étoiles ! »

1880.

VOUS

Vous êtes tout pour moi, ma blonde bien-aimée !

Car pourrais-je acquérir jamais la renommée,
Si vous n'étiez pas là, belle, pour m'inspirer,
Si vous ne me faisiez tantôt rire ou pleurer ?

Car pourrais-je adorer la douce poésie,
Si je ne vous aimais, vous, avec frénésie,
Comme on ne peut aimer, ange que j'ai rêvé,
Que j'ai cherché longtemps, et qu'enfin j'ai trouvé !

Car pourrais-je admirer la superbe nature,
Si je ne vous trouvais, divine créature,
Partout ! si, contemplant ce que Dieu fit pour nous,
Cette terre et ce ciel, je ne pensais à vous !

En écoutant le rythme harmonieux de l'onde,
Je songe au doux soupir de ton sein, vierge blonde ;
En admirant l'étoile étincelant aux cieux
Et le brillant azur, je songe à vos doux yeux

Et la perle qu'au fond des mers le Seigneur pose,
Je rêve aux blanches dents qu'enferme un écrin rose ;
A l'aspect des rayons que le soleil répand,
Je songe aux cheveux d'or qui sur ton front charmant
Retombent follement autour de ton visage :
— Beau cadre qui garnit un divin paysage ! —

Je me ris des saisons. Pour moi, c'est le printemps,
Quand sur vos lèvres vient se poser quelque temps
Le papillon joyeux qu'on appelle sourire.
Et pour moi c'est l'hiver, quand votre cœur soupire :

Car, — comme le brouillard voile l'azur des cieux, —
Une larme obscurcit l'éclat de vos grands yeux !

Mon amour et mon bien, vous êtes plus encore :
Vous êtes mon idole, et c'est vous que j'adore ;
Et je veux bien donner mon éternel séjour,
Le ciel ! pour posséder, chère âme, ton amour !

Biarritz, 1879.

QUESTIONS ET RÉPONSES

Que reste-t-il de la danse
Et de son gai tourbillon?

— Il me reste en abondance
Des rubans de cotillon.

Que reste-t-il des beaux jours
Que tu passais sur la plage?

— Il me restera toujours
Dans le cœur sa belle image.

Paris, 1880.

UN FOSSILE

O France, sommet des nations !
V. H.

Le petit duc m'a dit :

« Jeune homme,

J'ignore comment on vous nomme.

Mais je sais que vous adorez

Une vierge aux cheveux dorés,

Et je sais aussi que moi-même

De toute mon âme je l'aime !

Qui va-t-elle choisir des deux ?

Lequel fera cette conquête ?

Je suis beau.

— Je suis amoureux.

— Je suis riche.

— Je suis poète.

— Oui, mon pauvre ami, je le sais,

Mais je suis duc.

— Je suis Français. »

LES MESSAGERS

Petit oiseau qui viens chanter
Tous les matins à ma fenêtre,
Entends mes soupirs, car peut-être
Iras-tu les lui répéter.

Et toi, brise à la douce haleine,
Toi qui viens caresser mes fleurs,
De mon cœur écoute la peine
Et va lui porter tous mes pleurs.

Écho plaintif, toi qui répète
Tout ce que l'on dit dans les champs,
Tu vas, n'est-ce pas, du poète
Toujours lui redire les chants.

Et toi qui me couvres les cieux,
Dis-lui, nuage aux sombres voiles :
« Depuis qu'il ne voit plus tes yeux,
Il n'a plus de ciel ni d'étoiles. »

Paris, 1879.

MA TOMBE

Dites-moi si quelquefois,
Vous pensez, ma bien-aimée,
Au poète dont la voix
Jadis vous avait charmée ;

Au malheureux troubadour
Qui vous chantait son délire.

Comme l'accent de ma lyre
S'est exhalé votre amour !

Vous avez perdu l'image
Du pauvre oiseau de passage !

Vous l'avez enseveli
Dans la tombe de l'oubli !

Paris, 1879.

RÉMINISCENCE

LE POÈTE

Muse, viens m'inspirer. Un tendre souvenir
Effleure en ce moment mon cœur. Veux-tu venir
T'asseoir auprès de moi, pour chanter sur la lyre
Qui vibre entre tes mains l'enfant au doux sourire
Que je vis à Biarritz ondoyant dans les flots
Et voilant ses appas dans le cristal des eaux ?

N'entends-tu pas l'oiseau, caché sous la ramure,
Ravir l'écho des bois de son joyeux murmure?
Ne vois-tu pas les fleurs sous ces riants tapis
Embaumer les gazons de leurs parfums exquis?

Ne vois-tu pas aussi les nombreuses étoiles
Qui, de la sombre nuit perçant les sombres voiles,
Versent sur les sentiers une douce clarté,
Pure comme le front de la virginité ?

LA MUSE.

Tu m'appelles, cher enfant,
Pour soulager ta misère ;
Et tu veux, — comme une mère
De mes doigts te caressant, —
Que doucement je te chante
Une romance touchante,
Pour assoupir la douleur
Qui te tourmente le cœur.

LE POÈTE.

Muse, qu'elle était belle avec ses grands yeux bleus,
Et ses cheveux dorés dont les flots onduleux
Caressaient follement ses épaules d'ivoire !

J'ai son doux souvenir gravé dans ma mémoire,
Et je veux la chanter. Marions nos accents
Comme le rossignol dans les prés fleurissants
Mêle son doux concert à la voix de la brise !

Muse, viens m'inspirer. Oh ! viens, que je te dise
Mes peines, mes chagrins. Viens verser quelques pleurs,
Écoutant le récit de mes chères douleurs.

Parfois on se console en voyant une amie
Pleurer sur le destin qui torture la vie.

LA MUSE.

Vois, maintenant cette voûte,
Sombre comme tes douleurs,
Répand aussi sur la route
Des larmes : elle est sans doute
Amoureuse de ces fleurs.
De même que la distance
T'éloigne de tes amours,
Ce ciel par l'espace immense
En est séparé toujours.

Bénis Dieu de sa clémence,
Car du moins il t'a donné,
Pauvre enfant infortuné,
Il t'a donné l'espérance !

LE POÈTE.

Je désire oublier. Muse, viens me charmer.
C'est toi dorénavant que je veux seule aimer.
Sur ton sein virginal que j'incline ma tête ;
Je veux que ton regard dans mon cœur se reflète

Comme dans un miroir ; que ton souffle divin
En caressant mon âme éloïgne le chagrin !

Ainsi, lorsque le ciel est couvert d'un nuage,
Le vent impétueux, sévissant avec rage,
L'emporte loin de nous, et, prompt comme l'éclair,
Balayant les vapeurs, nous laisse le ciel clair ! —

LA MUSE.

Vois-tu parfois un papillon
Folâtrer dans cette prairie,
Et dans son joyeux tourbillon,
Comme toi dans ta rêverie,
Voler vers la voûte du ciel,
Ou se poser sur les calices
Des frais boutons remplis de miel
Et qu'il caresse avec délices ?

Puis, sans prendre souci des larmes
De la rose, voler, joyeux,
Vers d'autres fleurs, vers d'autres charmes

Le vois-tu pas insoucieux ?

Qu'il est heureux ! il les taquine
A toutes les heures du jour,

Mais il prend bien garde à l'épine,
Car l'épine, ami, c'est l'amour !

LE POÈTE.

Le matelot qui court sur son vaisseau les mers
Sait bien, en traversant cet immense univers,
Que la foudre du ciel et la sombre tempête
Menacent son navire en grondant sur sa tête.

Mais que veux-tu, ma Muse, il aime l'Océan !
Qu'importe le danger ! il écoute l'élan
De son cœur intrépide et méprise l'orage.

Ainsi mon cœur, ô Muse, aime son esclavage.

LA MUSE.

Mais tu ne me dis pas, enfant, quel est son nom,
Quel pays elle habite au loin dans l'horizon.

LE POÈTE.

Je la vis à Biarritz, lorsque le ciel sans voiles
Reflète dans la mer la clarté des étoiles,
Quand la reine des nuits se mire dans les flots,
Quand la vague plaintive entonne ses sanglots.

Je te l'ai déjà dit : elle était belle et blonde ;
Son regard était doux comme l'azur de l'onde ;

Son sourire adorable et toujours gracieux;
Je ne crois pas plus beaux les séraphins des cieux

LA MUSE.

A l'aurore du bel âge
L'enfant doit être volage.

Pourquoi soupirer ainsi?
Pourquoi ce cruel souci?

LE POÈTE.

Je ne puis l'oublier. Après un an d'absence,
Sur mon cœur elle exerce encore sa puissance.

C'est en vain que parfois le voile de l'oubli
Me couvre le passé, puisqu'aussitôt, rempli
De remords et d'amour en pensant à ses charmes,
Ce voile se dissipe et mon cœur fond en larmes.

LA MUSE.

Que faut-il pour calmer à jamais ton tourment?

LE POÈTE.

Que je puisse admirer son visage charmant.

Ainsi que pour trouver dans cette mer profonde

La blanche perle, on doit sonder l'azur de l'onde,
Il faut que je la voie et que, sondant ses yeux,
Je trouve en leur azur l'amour mystérieux.

Paris, 1879.

L'ESPOIR

Espoir, présent du Ciel, c'est toi qui viens sourire
D'une lèvre trompeuse au malheureux amant,
C'est toi qui viens la nuit soupirer sur ma lyre
Son nom ; c'est toi qui viens adoucir mon tourment !

Espoir, espoir, c'est toi l'ami chéri des hommes,
C'est toi l'ange au front pur qui viens, lorsque nous sommes
Accablés de chagrin, flotter autour de nous
Et murmurer tout bas : « Elle aussi pense à vous ! »

C'est toi le véritable ami, l'ami fidèle,
Le meilleur et le seul qui soit commun à tous ;
Toi qui nous suis partout, toi qui nous parles d'elle,
Espoir, présent du ciel, toi qui meurs avec nous !

Paris, 1879.

LE RETOUR

Vous êtes à Paris, vous êtes près de moi !
Je sais dans quel hôtel vous êtes descendue,
Et je suis triste encore, et je suis plein d'émoi,
Et ne caresse plus l'illusion perdue !

Douze mois sont passés ! mais qu'importe le temps,
Puisque dans mon exil chaque jour je t'ai vue
Telle qu'à Biarritz, dans un heureux printemps,
Ta tête virginale émerveilla ma vue !

Oh ! je sais, chère enfant, qu'il nous est défendu
D'entretenir le feu de l'amour dans nos âmes.
Je ne l'éteindrai pas : si l'espoir est perdu,
Je mourrai, mais du moins consumé par ses flammes !

Je saurai me tenir, chère amie, à l'écart,
Sans même demander ce que mon cœur envie.
Je ne veux rien de toi, pas même un doux regard :
Pour ce regard pourtant je donnerais ma vie !

Paris, 1880.

ADIEU !

Si por *ventura* la ves,
Dile que siempre la quiero.

C. R.

De même qu'autour du chêne
Le lierre amoureux s'enchaîne,
J'avais caressé l'espoir
D'unir mon âme à la tienne,
Et, sans que rien nous retienne,
Quitter Madrid un beau soir.

J'apercevais la chaumière
Faite de paille légère
Et de mousse, comme un nid,
Où nous pourrions dans notre âme
Cultiver la noble flamme
De l'amour que Dieu bénit !

Et j'entendais sur ma lèvre,
Frémissante de la fièvre
Que nous apporte l'amour,
Flotter les chansons écloses
Dans mon cœur où tu reposes
Et dont j'ai fait ton séjour !

Je voyais le flot limpide
D'un ruisseau clair et rapide
Où tu penchais, pour te voir,
Ton visage au front d'albâtre
Que le liquide bleuâtre
Reflétait comme un miroir !

Et je te voyais sourire,
Te retourner et me dire,
En me caressant des yeux :
« Ce flot parmi la ramée
Réfléchit ta bien-aimée
Avec les astres des cieux ! »

Tout cela ne fut qu'un rêve,
Qu'une espérance trop brève,
Qu'un mirage bien trompeur,
Qu'une illusion d'une heure !

Maintenant, triste, je pleure
En songeant à ce bonheur.

Adieu ! demain, quand l'aurore,
Au moment où s'évapore
L'ombre pâle de la nuit,
Éclairera cette voûte,
Je serai seul sur la route,
Avec l'amour qui me suit !

Adieu ! l'oiseau de passage,
L'oiseau de mauvais présage,
Votre troubadour, s'enfuit;
Il s'en va creuser sa tombe,
N'ayant avec sa colombe
Pu bâtir son petit nid

1879.

TABLE DES MATIÈRES

~~~~~~

LES PRÉLUDES

8500 — Paris, imprimerie Jouaust, rue Saint-Honoré, 338.

LIBRAIRIE DES IDÉALISTES

ŒUVRES COMPLÈTES

DE

CARLOS-RENDON

SOUS PRESSE :

Poésies nouvelles.
Olmedo, biographie et œuvres traduites.
Bello, biographie et œuvres traduites.

Paris, imprimerie Jouaust, rue Saint-Honoré, 338.